變奏的開端

邱振瑞詩集

自序

《變奏的開端》這部詩集，是繼我前兩部作品《抒情的彼方》和《憂傷似海》後的第三部抒情詩集。從整體精神而言，它仍然忠實反映我對於詩歌創作的態度。因為我始終相信，詩歌具有救贖和復興的力量，而且以詩抒志的啟明，使我更堅定地走向這條思想小徑。

如果說，這部詩集與前作有何不同，也許是我詩歌風格的轉變。這應該是我在心境變化上的顯現。儘管我之前所寫的政治詩歌，自認為帶有強烈的批判性，但是睿智的文友，都可以明顯地看出，我在措辭上已不復當年尖銳了，甚至有點不攖其鋒的自我克制。也就是說，我不自覺地揚棄形式，逐漸捨去繁複的文學修辭，轉向淺白直觀的語言了。有些時候，我把它理解為，這是詩歌之神向我發出的啟示：「我必須回到詩性的本真，不需要任何的矯飾了，並用這個法門來敘述我的切身感受。」我欣然接受這神啟般的經驗。相反，我若背離這樣的精神高度，哪怕我有辦法寫出精彩的句構，藉機擺弄故作偉岸似的喧囂，那絕對是不折不扣的偽詩了。說的也是，在思想自由的國度裡，精神的牢籠已被打開了，我不認為，詩人們有必要再創作偽詩，雖然假大空的偽詩群落，通常可為自身帶來聲譽和社會地位。

正因為我是為自己寫作的，所以這部詩集必然地充滿我的性格，這是不足為怪的。但就此意義而言，這部詩集並非是片斷的，它是我的「詩歌五部曲」中的第三部，它承續著第四部詩集《迎向時間的詠嘆》的餘音，要繼續豐富我有限的生命。只要我這副臭皮囊還堪用，我虔敬地等候詩神的教誨，若能幸運寫點真誠的詩作，真的感謝天地了。最後，我謹向編輯伊庭和封面設計瑋筠致上謝意，感謝他們為這本詩集付出的辛勞。

二〇一八年四月十四日 寫於臺北陋居

〔目錄〕

輯五

輯六

輯一

來自荒涼

車子繞過蜿蜒山路
隔著灰暗的玻璃
我看見墓海在起伏
像在練習荒涼的語言

我不得不追問衍變
這是否屬於虛構
用幻變改造的繪圖
否則怎能如此逼真

我的視域就這樣渲染
如枯石被填滿抬升

一直抵達到某個高點
就得降落顫慄的靈魂

這時恰巧遇見風流
我因測度不出速度
無法將它的來歷數盡
卻聽見它們接耳交談

粗獷的風消失又復現
彼此從來不使用敬稱
這裡比考古場鬆軟
更多表述等著出土

雜草同樣發揮過功能
為修建諸種肉身

為思想小徑鋪上新葉
讓死生時刻在此相逢

沒有任何哲學發現
沒有詩歌悄然降臨
沒有財富為其開路
只有平凡渡過危橋

我記得這亦非天堂
亦非地獄之門的誘惑
那是來自視覺變奏
蔓草輕易越過廢墟之名

望海

我幼年的時候
你即在我的想像中
散發著美妙的震動
偶爾停留在葉片上

我和眾多螞蟻相信
那些氣味和亮光
不適宜用來追逐
而是晝與夜的導航

在我青年時期
你似乎比以前澎湃

比眼前的世紀轟鳴
莫非將我的沉迷喚醒

那來自聲音與視野
斷然拆除墊高的幻象
我因此得以通過平原
翻越甘蔗林高舉芒尖

在我中年之秋
我終於抵達廣闊海域
往昔的風沙以擁抱
你的背影依然最獨特

你輕聲問這些年來
我都在思考些什麼

失去生活的詩歌波浪
何以證明波浪曾經湧起

面對這樣的難題
我的確找不到回答
聆聽沉默敘說的天地
比以前領受得更多

但是我和諸多荒地知道
生活的詩歌仍在迴響
你從不吝於安撫顫慄
將我畢生污濁徹底翻洗

越過山丘

這次終於夢想成真
不必和風一起脫逃
那斷然並非光彩化身
塵埃不會變成輝煌
而是用來收留眼淚
測量時間與想像距離
枯寒恢復從前記憶
我必能越過青澀山丘

思想升起被撕成碎片
我相信命運自有安排

世紀徜徉於半睡半死
我同樣要喚醒河流

將善意的咒語攪動
記憶就開始輕聲旋轉

讓我看見消失的雨樹
有閃電和憂傷雷霆

扶桑花

就我童年記憶回眸
無需蜜蜂來穿針引線

播弄花蕊已夠忙碌
又得創作善良的寓言

它們打探我不計深度
只悄然留下甜蜜雋永

轉眼間樹籬越長越高
如綠色山脈日夜起伏

當這無法將過去顯現
流浪的蝴蝶必將返回

它要拍動歡快的雙翼
涼盡我這等苦厄碎身

若所有躺臥都為看見
立起的同樣領受祝福

這始於扶桑花的問候
我說不出更多理由

樹音

你聽見樹枝沙沙作響
以為季節即將結束
烏雲剛剛劃過天空

那不是幻覺將你包圍
葉片和鳥隨風飛盡
在希望的位置上顫抖

你知道樹幹仍然牢固
許多祕密如此貫通
成為通向詩歌的棧橋

你比以前更貼近距離
全為死後聽得清晰
說出真話便不再畏然

那片樹海界限所及
並非夜色洩漏的呻吟
而作為時刻向你提醒

你終於看見風的肖像
已超越所有晦澀構圖
以此建構你的居所

這時若有驚擾掠過樹梢
你寧可相信那是驟雨
炸彈爆音從未如此善良

當樹枝重新振作起來
所有震撼都能得到解釋
如斷裂而未竟的歷程

不是失蹤

你說這不同於失蹤
並非被強行帶走
原地將有恐懼的身影

你說這不同於驅逐
並非破鞋被石塊淹沒
否則痛苦迴響不已

你說所幸這個時代
暫停摧毀自由的意志
用金錢打通文字的筋骨

你說分不清何謂幸運
從各種危險的思想領域
歡悅進入商品的汪洋

所以你只是做出抉擇
並未關閉同時代的呼吸
試著與旋風走向盡頭

那天夜裡有諸多見證
夜色不再氣喘噓噓
一切顯得份外安寧

月光在你的眼前升高
灑下清涼披在山頂
哪天匯成小小的溪流

你不怕時間的忘性
或暴雨因此違背承諾
你說枯木認得你的側影

為安魂的自由

你和東北季風前來
每次是如此神祕
比遲至的月光悄然

你的思想與作家迥異
不張揚往昔的聲音
始於豪情更多純真

無需複製季節的面孔
華麗詞藻顯得多餘
就用淺灰色描摹天空

並非否定具體的生機
以虛像的文本自況
無視於時間老手挽留

那灑遍紙頁上的冷雨
絕對沒有半絲惡意
藉此將僅存浮躁埋藏

你看到善良得到繼承
如在不可避免的黑夜裡
閃電都不忍將它擊垮

你聽見野火喘得急促
正在抵抗灰燼們的誘惑
你終究不願播弄雷鳴

只是你似乎已然忘記
那憂傷的樹皮就要翻轉
為你安魂的自由祈禱

消失

我理應受到責備
儘管我剛自夢境醒來
迷戀的濃霧尚未散盡
對於虛妄抱有幻想

我理應受到責備
即使我在邊界上觀望
分不出危險的季節
將暗雲等同孤影候鳥

我理應受到責備
縱然我在旅行途中

自詡漫遊者那般高尚
卻未感知消失的惶然

我理應受到責備
若非這場冬雨捂臉
若非深山透露些祕密
我還在恐懼之外徜徉

告別

風播弄樹梢的眼睛
卻不說何謂光明

那過度凝視的遠方
似乎把幻想隱藏

在於藤蔓繼續纏繞
直到沉默完全填滿

這恍若隔世的時刻
石頭有資格成為倒影

從此追尋與懺悔連袂
接受風和雨的祝福

如暗夜失落逆轉新生
消滅之後點燃復活

霜降悄然拉開序幕
密言埋在嚴冬的土層

季節即將向你告別
不能草灰般逗留太久

戰爭

砲彈用慘烈的火紅
倏然把白天染成黑夜

由此展現出無限威力
向殘暴的歷史證明

比天神們更有能耐
輕易將黑夜變成白晝

神祇暫時退出圈外
發出評斷都顯得困難

世間失去晝夜的界限
時光從此淪為昏沉

那以殺戮揚起的笑聲
如驟雨撲向更多單薄

所有的血肉和塵垢
在這時刻被注入編碼

黃昏決然俯衝而下
自身撐起冷顫的電燈

門外

乍看去
今日天空比往昔沉默
是因於沒有飛鳥影跡
是因於沒有雨絲分布
是因於微風倏然離別
是因於沒有通知時間

為此我與想像忖度
季節憂鬱如何形成
如雲層那樣徒勞往復
無所謂雲門的高聳
我的鏡像嵌在門內
門外原有多部聲音

幸運

我很幸運地看見
風在追逐復返的冬陽
那已被撕成的碎片
無論離散或墜落黑暗
依然屬於灰燼的童年
在未竟與抵達之間
從湮滅到微弱重生
它躺臥成醒眼的路標

我很幸運地看見
看到一隻沉默的死鳥
寧願棲立於時間頂梢
我比任何人都想追問

它歡快地唱過哪些歌曲
真摯的羽翼是否失落
思想是否被匆促劫走
否則我為何等不到回答

我很幸運地看見
看見樹石下長出青苔
那並非多愁善感的位置
或者以冒名頂替肉體
用披覆衣裳的濃密
為季節變遷偽造身分
濁流從我的夢裡經過
我感受到清涼微微顫抖

我很幸運地看見
看見碑石快要長成森林

通往我的幻想和天堂
那裡不存在扭曲的倒影
沒有最終解決和結算
平凡的凝視都安然過關
傷痕擔架死亡這些語詞
林海風影都為其安魂

貓頭鷹

詩人淡然地說
趁著光明的時候
向幽靜之地起飛吧
在如此時刻
哲學家偶有失去耐性
無需黃昏用樹枝催促
無需思想翻動草叢
慧定的目光已然形成

小說家簡要地說
趁著活著的時候
向社會的良心起飛吧
在如此世間

佛洛依德很可能瘋狂
譫妄已累積得夠多
需要持續寫稿的動能
超載名聲就由疾風劫走

詩人優雅地說
趁著垂暮的時候
把詩歌的位置做改變
別讓它淪為單調的幫凶
已經相逢卻感到陌生
若發出不和諧音符
就原諒所有的苦行
愛的羽翼憧憬愛的自由

小說家明快地說
趁著呼吸的時候

向吐納的大海起飛吧
既有最慷慨的澎湃
又有透徹如詩的回潮
它們要改寫貧瘠的林莽
漫長的細雨要灑遍視窗
泛起與平靜皆有匯合

醒來

一覺醒來
時間的暮色暗自升起
越過瑟縮成疾的枝椏
我竟然分辨不出
殘夢究竟有幾個分身

在詩歌的眼眸裡
我好奇有多少個鏡像
立於地獄的最邊陲
像那群風濤不告而別
卻寬容我誠摯的誤讀

簾幕

當樹林自告奮勇
在夜晚前升起簾幕
那是用來懺悔
為紀念失去的遺忘
年輪因而刻畫尤深

當熱血意志滲透
卻匯合蒼白的河流
那是用來喚醒
為流亡者留住腳步
拎著頭顱繼續天涯

也許

也許在多雲的海邊
那幾棵孤立黑松
因於連夜追風
因於驚愕鼓舞
初次出發即找到
復活希望的語言

也許在虛無的山間
那被劫走的碎光
因於寒枝收留
因於枯石典藏
即使已經失蹤多年
依然記得線索折返

失眠

我依然深切記得
那條草蛇般的山路
並不因為我們相識
失去兇猛的彎度

一邊通往軟弱記憶
一邊倒向勇敢黃昏
這時恰巧雨霧撲來
可能抹煞彼此約定

所以無需過多反抗
只要順從適可而止

若問夢魘是否侵擾
我得探問斷訊的地圖

日記

你不曾多說什麼
有時比石頭還內斂
使得天邊感染沉默
我卻聽聞影子的憂傷

你用字精簡如枯枝
有時比鋼鐵更良善
已折彎哲學家的手指
我看見思想取得平衡

誰說情感的柴薪太硬
日記在自己的暗夜

以點燃神聖的慶典
同樣的溫度向我走來

誰說痛苦可完全藏盡
像冰雪那樣把往事封存
用昨日的黑土掩護
但春天來到就要解凍

蟻丘

我實在壓不住渴求
而來到你的面前
像多年以前一樣
驚愕多於安靜虛無

為了仰望你的高塔
思想讓我足以縮小
天塔的語言向我開放
我的理性因而延伸

這原本無需說明什麼
或以另翼形式紀念

時刻一到我就啟程
沒有比這更值得追問

我從不懼怕閃電作怪
嫉妒悄然把你擊個粉碎
卻擔憂比風雨遲後
看不到你真切的面容

冬雨物語

我的文筆逐漸乾涸
如那片已喑啞的溪床
只傳遞激越和沉默

我更快地翻閱書頁
惟恐停滯捲土重來
壓垮無色的思想

我模仿隱遁的肺魚
擅於雨季前等候
那自由未歸的枯葉

我不祈望任何驚奇
以什麼方式離開
肅靜無法及時返回

像這樣猜想的咒語
或許真有些靈驗
而降下陰暗的冬雨

那的確是我親眼所見
它輕快引領我迎向
乾樹枝籬笆外的童年

輯二

它的神話

我在行人道上遇見
一棵印度紫檀
武勇體格似可摩天

我和兒童一樣好奇
在它沉定的面前
試著打開我的語言

這關係著我的追問
雲影才剛剛掠過
也與寒熱往來無關

這是我們初次相遇
必然需要膠著和變化
時刻寧願放慢空轉

它繼續述說印度神話
古代史詩奔騰而來
就為慶祝我們的心靈

我像飛鳥仰望灰空
旋即收回鬱結的視線
為何感傷如此漫長

銀杏樹

你說　在冷雨之前
在深秋之後
就可以開始行動

寒枝伸向寬闊天空
塵埃全歸時間所有
黃葉要鋪滿世間

諾言不僅如此
若有人影匆促走過
凋零同樣需要喚醒

如果掉落的果實
來不及轉為腐壞
就給予溫暖的祝福

你說　在夜霧之前
在喧囂過後
能否找到某種平衡

消逝的若能恢復完全
落葉代替樹身說話
你最想告知歲暮焰火

附記：去年十月底，我到神保町「神田古舊書展」覓書，到了晚間，的確有些倦乏，往回程的路上，卻遇上冷雨紛飛。路旁的樹叢下堆滿銀杏樹葉，仔細一看，還有同為慘黃的銀杏果實，已經腐壞或破裂的，發散出淡淡的臭味。我作為南國來此的過客，看到這樣的景象，現在回顧起來，仍然頗為感觸。

頌歌

今夜寒雨奇冷無比
簡直要封住毛孔
酒瓶顯得異常緘默
老狗因顫抖呻吟
夜色迷離即將散盡
時刻也不敢快轉
那棵枯樹尚在前線
黃葉在枝椏間徘徊

我和書蟲沒本領
一起用僅剩的體溫
繼續點燃舊歲灰燼
或許摹寫耶誕的慶典

政治盆栽

名利　你好
你說我們有共同朋友
但沒有共同的風雨

你追求成名的歡宴
因為人性無法扭直
還有敗落的暈光

聲譽　你好
你說我們有共同朋友
但沒有共同的體溫

你的權杖已長出華蓋
遮蔽住群星的眼神
月亮和太陽從此休眠

浮萍

無論寒流比你早來
無論恐懼比你遲到
都不影響輕聲的
像動物僅存的肉蹄

你悄然越過封凍國境
哨兵幾乎沒有發現
因你喬裝成雲層模樣
灰暗願意與你逃亡

仔細看沮喪的斜影
還拉住你淡淡眷戀

否則時刻會及時跟上
不在天堂的邊陲徘徊

你在天空漂泊自在
破敗的旗幟繼續旋轉
有如歷史找地生根
寫實只屬於寫實所有

冬眠

如果這樣解釋
冬雨和嚴寒串通
為了證明你季節本性
長風過處是否正常
枯萎先於新綠之前
河流凍僵只是休眠
那麼就沒有徒勞
我願意愉悅地送行

如果這樣解釋
死亡總要通往新生
為了澄清不實謠言
這並非從絕望中離去

而是返回應然
雲散後又形神畢肖
我願意歡快地受領

蘆葦語錄

別問我為何在這裡
這並非問題所在
你若想知道得更深
向歡快的河流垂詢

別問我為何在這裡
這並非詩眼祕境
你若想知道得更多
就通往懸命的吊橋

別問我為何在這裡
這並非思想重點

你若想領會冬末
向懷疑的冷風修習

別問我為何在這裡
這並非山路盡頭
你若想看得更高
請教我依靠的峰巒

鳥話

在某種語境下
我依然相信鳥話
牠向我真誠的詠嘆

這比一場驟雨
世紀般的錦繡華麗
展開的文字更牢靠

牠震盪我無邊昏聵
撕開蟬翼般的虛偽
讓浮光重新回魂

我親愛的鳥話呀
如果冬至忘卻溫暖
請你繼續為我歌唱

夢遊

我終於發現
夢裡發生的一切
沒有時態限制
醒來繼續存有

我越過低矮的樹林
用舊前目光打量
枯葉們穿戴整齊
不像在躲避長風

以幽暗自豪的谿谷
依然濁流閃閃發亮

流利說出幾則古語
比我的記性堅韌

我抬頭回望
山嶺上那片殘月
隔著去年夏末煙霧
它說記得我的瘋狂

書齋

我以為這裡
有四季如春圍繞
有世外桃源固守
我就此安全閱讀
豈料嚴寒一到
詩集裡漫長海岸
照樣撲來惡浪狂風
無悔的大雪落不停

我要告訴俄羅斯詩人
親愛的涅克拉索夫
在臺北經受如此折騰
我的鼻子凍得通紅

支氣管發炎嘶嘶響起
絕不是模仿單簧管
它似乎證明季節自身
我是否應合這種語言

頹廢派

我仿傚頹廢派詩人
攜帶酗酒的狂歡
並為殘枝身影
點燃最後一根香菸

那是用來告別昨日
已然穿洞的西裝
怪鳥為何倉促飛走
餘下滿地的荒涼

我不信遍尋無著
鈔票有自身汗臭

逃亡者將留下印跡
風雪未必全程隱瞞

其後若一無所獲
得不到善意的回音
我從此斷絕這份友情
破落也需骨氣支撐

山中書簡

枯木與春天相逢
劈頭問我
去年蝴蝶何種打扮

山崖邊上的朋友
替我回答
它們盜走昆蟲祖譜

溪水卻開始倒流
像要洗刷可怖濁污
為如鏡清明立起路標

如果這樣運行
我相信石頭承載憂傷
依然記得地母的容顏

囚徒的雲端

眼前海岸並未改變
波濤一樣奔騰
在你輕輕斷裂之前

你誇大自己的想像
以為島嶼可以飛翔
當你消失之後

這一切都有記述
不容許你任意批改
就埋在仰望的雲端

那是因為待過迷宮
習慣於反覆滅頂
沒有比驚懼來得英勇

歲末短語

為了回應這個命題
我不想朗讀歌德
無意重複他的語言
果實的記述更吸引我
在光禿禿的夢園
我學習祝福中年之秋
慶幸它讓我擺脫
那年齡特有的酷熱

若是就此成真
我就能與冬季毗連
領受唯一無二
不需藉助高深詩學

不索求土地荒涼
這時若冒出淡然青煙
應該是捎給我的請柬

附記：這兩個釋迦產自賴顯邦先生自家果園。

來生

我給自己許下來生
是為了延長記憶
是為了相續不失
如新雪剛披覆寒枝
風和鳥暫時離席

餘下時間和空盪盪
正等候一團冷影
往昔顫抖仍要接連

我給自己許下來生
是為了懷念樹蔭
疊落在小徑盡頭

那裡尚有白色焰火
向情感的灰燼悼念

如果一切正常
春天得以如期來臨
散佚的都是我的歸鳥

相信

我相信林鳥的說法
那隻青鳥很實在
風的士兵和蟲子蟄伏
比舊版鏡月寂靜
辨認各種水脈聲音

我援引林鳥的觀點
那隻灰鳥很突出
山雨來去倉促
陽光打盹未必知情
但這孤鳥變成泥土
斷然不會發臭

此時風穿越樹林間
在這緊要時刻
比枯葉本身輕盈
那是用來問候
同時向愛情通告
當遲到的槍聲掩至
沉睡恐懼一併覺醒

合影

我發現灰色天空
為何壓得那麼低矮
並非渲染不安
因於堅持與誰合影
否則綠籬的視線
不肯跨越地獄邊緣

昨天和今日之間
恰巧忘記放下柵欄
漂浮的記憶進出
塌陷羽翼得以扶正
揮別無可慰藉
誰說合影需要背景

廢園

我們經歷過廢園
向茂盛許諾的枯萎
及其連夜顫抖
但有別於迷途惶然

隨風而逝的音聲
從不計算路程
不奔往知足的天空
因為即將重返

此在尚有諸多遺告
暫別眷戀的閉眼

如湮沒的被拯救的
在聚首時刻萌生

我們無需探問什麼
藤蔓們為何尋思翻牆
野草註記的往昔
是否願意說出實情

晨間狂想

這次我提前醒來
比半夜窺視的冷雨
比鄰居那隻老犬
挺直腰板晨讀

嚴寒有諸多好處
用來驅逐世紀萎靡
收聽狗向孤獨狂吠
從日常絕望到祈求

我知道劃地自限
至今尚未完全撤出

渾濁為簾的木門
幽暗爬蟲的滋生

只是倦乏向我靠攏
下個季節之前
穿越那片語言叢林
我可以走得多遠

樹形

在我生活的世界
很慶幸的是
沒有傳奇的土壤

我和陣風過去
以及色盲的蝴蝶
可以盡情地翩飛

我另有新的發現
空氣的確嚴厲
但沒有分裂成冰凌
我得以重新呼吸

如果這不是意外
幻影需要休息
想像要恢復原貌
擁抱自身的樹形

輯三

送來一種自由

若非風寒來襲
就此遮蔽我的視線
我相信可以看見
灰空彼方的雨絲

若非感冒來訪
就此阻擋我的閱讀
我確定可以看見
以文字升起的海洋

若非眼花捉弄
就此擾亂我的世界

我必能看見更多
屬於抽象的語詞

若非歲月漂浮
就此載走我的思想
我堅信上蒼特賜
送來一種自由

通行證

時間很難逆轉
但不致於就此休眠
寒流只會緩速前進
當你走過記憶之地
就置上一截樹枝
代替沒來的葉子
隨便問候兩句
以沉默或深淵都行

空間卻能自在變換
願景就可形成
嚴冬未必殘酷以終
溫暖埋在最底層

當你手指僵硬
無力翻耕受驚原野
寫不出任何焰火
不如輯錄這片寧靜

我的山谷

一場寒雨
已經透露了很多
誰的生命中沒有神祕

被夜色滲進的光景
有生存的徒勞
正等候靈魂轉向

我滑出懺悔的羽翼
拍動卻全無回聲
只落下靜悄悄

不過我依然相信
魔法得以克服徘徊
如鳥鳴重返我的山谷

明天

時針指向天空
我知道明日的路徑
正在穿越嚴冬
只是你的印跡變長
不支承什麼東西
我的暮靄姍姍來遲
與榮譽的後裔

在這樣的歷劫中
我若忘記翻轉
或回憶凍結成河
請別感到陌生
讓顫慄的空氣破裂

快為我輕聲喚住
那欲語還休的幻影

大衣

正因為
我沒有走到邊界
重做一番挖掘
底層下面
呼吸著的隱喻

正因為
寒風沒有複誦
我晦澀的語言
穹蒼深處
申辯著的雨影

正因為
我和大衣已成廢墟
斷垣自行脫困
時間在上
引注著的皮囊

正因為
夜晚確然劃過閃電
為了修飾黑暗
想像彼方
溫暖著的線條

拜火教

一直以來
暗夜沒合上眼睛
它明確告訴我
寒波圍聚在牆邊
也就是說
輕易放縱的流言
要讓我不得安眠

在這種時刻
酒精終於說服我
它自詡武勇
效用直達刻骨銘心
還引述尼采的推崇

酒神狄奧尼索斯
如睿智的拜火教主
查拉圖斯特拉

於是冰與火
開始交換我的經歷
驗證剩餘價值
若詩集尚有體溫
就獻給顫抖的星辰
無所謂成住壞空

火葬場

這裡是福田
這裡是聖地

這裡有阿彌陀佛
這裡有上帝眷愛
這裡有無量光明
這裡有頌歌祝福

這裡通往淨土
這裡蒙主安眠

這裡塵埃靜謐無聲
這裡棺木返回叢林

最後一瞥
比哲學視野寬廣
嚴冬卸下肅穆
烈火釋出溫柔
我看見黑鳶守約
越過藍天趕來送行

九重葛

以那樣危險的高度
必能看到許多
就此拉近山巒背影
在車流橫亙之前
變成童年的旋轉木馬

以那樣眷念的維度
必能覓得許多
雜草樹枝污泥石頭
樹根水脈最後呼吸
記憶鋪排的空間
不夠荒涼天地儲藏

所以對登高而言
等候刮起一陣風
將驟雨聲強行帶走
收聽青鳥們呻吟
讓漂泊的得以留駐
在這個時刻下
叛逃夏日就能南返

浮生錄

總有那樣的時刻
頹廢已不重要
不必讀詩養生
夜貓叼走了聲名

那一夜奇妙
遮雨棚漏水
偽善和貨車相撞
幸好只受到輕傷
這樣一來
就不必典當殘影

你相信自己
這暈眩的語法結構
偶爾幾個踉蹌
黎明撤退前
一切終將恢復正常

理由

看來風毫不知情
浪為何對幸福反感

飛沫不捨晝夜
如流感般撲向岩岸
為尋找虛構的冒險

雨不知道有漏
厚土為何把你填滿

濕重如山的滲透
最適宜充當棉被
無關活下去的理由

所以愛情生活噴泉
衣帽鞋褲和鋼刀

比起時間的骨頭
你的肉身不臭
莫非在詩歌季節裡

我們

我從來不這樣丈量
我們之間的祕密
從金黃色蜜蜂
到季節的甜美

我童年植在日影下
帶有我們的氣息
田野青蛙水蛇銀鴿
都在不證自明

這禮物是上蒼賜與
由我的抒情保管

有時候我和驟雨
一路狂奔忘記休止

為了重新開啟
我們之間的天空
樹籬收回漂流視線
微暗火焰就是太陽

石岡的橄欖樹

我有小小橄欖果
來自哲人的果園
在成熟季節裡
披覆鮮明的詞語

印度神祇最感共鳴
隨著昨夜的雨滴
降落在哲學書海裡
為石岡行者的靜默
留下深刻印痕

這穿越時間的呼吸
已無需辨認路途

葉影直觀易懂明白
軼失文字的版本

這橄欖樹負有情誼
晴天過後要呈現旨意
我經歷美學的奇特
獲得共同的呼吸
以此呼吸思想的光點

附記：昨天，承蒙明目書社老闆娘贈予摘自石岡家園中的橄欖，我將以此燉煮雞肉湯，滋養微弱的支氣管。謹以此詩，問候已仙遊印度的顯邦先生。

我的森林

我曾經在森林漫遊
與小徑不期而遇
枝條樹影認識我
野草記得我的面容

而僅只是這樣
我的靈魂註冊完成
那裡綠意為起點
黑暗都欣然駐留

我確信它們聽到
我接連喘息的呼告
以漂浮的速度進行

它們已派來寒風問候
在這冷熱顛倒的世界
為廣義的愛情朗讀

散步

昨夜闖進的賊風
要我重視養生
寫完贈友的詩作
快去吸收金色陽光
這有助於我的思想

我認為頗有理趣
始終與暗房為伍
最理解灰暗的語言
它們已結為神聖同盟
我豈能不迎向告白

何況我尚未回答
為何石頭不相信眼淚
咳嗽冷風如何治療
折枝的怪鳥怎樣平反

還有頹廢世紀的氣味
仿效狠命的綁匪
試圖把我全身纏繞
我怎能不起身抵抗

這建言沒有期限
要我頂住遍照的輝煌
驅散最後一抹幽微
時間願意為我證明

過冬

走過中年地平線
我已很少紙筆寫信
問候遠方朋友

這並非大雪紛飛
壓垮情感的屋宇
而是我淺薄的懺悔
遲遲未敢啟程

於是我感受到
時間落葉愈積愈深
有深不見底的恐懼

於是我的凝望
如黑潮和火焰蛇行
就此遮止所有視野

春天尚未解凍前
我還是孤獨的鶴鳥
棲身在南方家園
繼續捧讀舊信過冬

面具

冬陽已立在窗前
為我的轉身指引
甦醒竟然如此美妙

在這瞬間的時刻
焦慮虛弱退到幕後
無意為面具述評

哆嗦的歌聲湧來
正攀越灰暗的牆垣
我知道與垂暮不同

來自天堂鳥的尺度
終將找到位置安居
如前年自由清風

荒林中

我的飛鳥終於發現
有時候必須
請求天空翻譯
劫難不容易散失
及其時過境遷

戰爭的喧囂日久
火舌已成老生常談
陰影列隊呼嘯而行

這一切注定保留
烙印給明日山谷
以恢復回音的溫度

我的飛鳥終於啟蒙
有時候必須
查找傷痕的辭典
如果詞語不夠豐富
眼翳也會遮住荒涼

樹靈

這原理如你所說
所謂的祕密
在於虔誠至深
在於無明之間
語意疲乏的時刻
為何不面對認真

斧頭的確展示鋒銳
電鋸的笑聲索利
陰森貫穿林間　漫遊
就為等候一場
轟然倒塌的盛宴

這與死亡隱喻無關
軀體顫抖已經流傳
植在根部的真言
地靈盡頭以證實
他們從未看過
這如常的顯現

我的語法

經歷這種多年
你出現在我面前
一樣緘默如常
讓那浮躁的語言
得以安土重遷

我慶幸當初允諾
猶如沉重舟楫
夜風不忍把它拔除
佇立成自身的風景
命名為極樂深淵

所幸我拒絕搖擺
影子才願意變身
正式為我苦惱庇護

正因為有應然磨難
就有地獄之花
就有獨我的色彩

夜讀北島

比起你的詩作
散文更讓我激賞
簡明洗練透著亮光
卻不刻意劃破
早年黑暗的圍剿
毫無疑問
你有文體的自由
如你奔往北京之外
中文是你唯一的行李

其實這話對我震盪
也可能我臆測先行
或許你睿智斷然

快意地將朦朧迷戀
一併和生命夜色散盡
撤退到天涯的蔚藍

你因而自在從容
不想遇見詩歌前身
不想喚回丟失的群星
不再更正所有傾斜
只是危懼以後
終究要回歸平靜
用老練樸實的筆觸
以重寫劫後餘生

也許這是偏見引路
迷惑我以此記述
不需膜拜的花環

不必敲鑼打鼓喧囂
盡快恢復健康的日常
作為你多年的讀者
我在台北冬夜裡
重新經歷你的詩文
總要抒發些感想

輯四

如此接近

日記患有健忘症
手杖又發了酒瘋
行道樹已沉睡成疾
不願醒來敘談

你說雲雨和冰冷
不可預期地布滿
它們遮止視線
仰望的和被損害的
暫時進入休眠

你說飛鳥沒把天空
擦洗得聖潔如新

晦澀才變得可怕
迸射出枯樹的符碼

是你讓我知曉
在黑與白的交會裡
輕與重的訣別
未盡長話如此接近
我看過回憶閉上眼簾

柬埔寨

為了探訪吳哥窟
歷史打造時間遺址
我歡喜地來到柬國
沿途有夏風送行

在薄霧的早晨起床
陽光很善良純樸
經由濃密的樹葉間
點灑在我的臉上

我旋即體會到
高聳巨木輕聲問候
輕嗅並不表示無聲

我就看見活著的石塊
正等候旅人步履

那絕非我顛倒妄想
斜影再怎麼冷峻
從來不抹消熱情
與白色的火焰相同

誰說樹語不會增長
放棄重生的邀請
古老的塵埃隨風揚起
疲倦就躺在石階休息

我赫然發現
苦難沉默何其雄偉

將我啟蒙為光輝
走進森林的微笑裡

這距離不易測定
與深淵一樣無間
把我從變形視野中
拉回到遼闊地平線

我知道這並非全部
悲劇故事的起源
紅色柬共留下後遺症
屠殺恐懼貧困憂傷
依舊需要克服救療

這時若有沙塵撲來
斷然遮止我的雙眼

那絕非向淚水詐騙
歷史原本存在著瘋狂

而從那時刻開始
我聽懂烏雲裡的聲音
電閃和雷鳴過後
看見稻田裡的青春
所有童年和新的降臨

窗外

窗戶敞開著
嚴寒雨意飄進來
沒忘記故舊似的
坐在我的桌旁

不談活著的惡夢
不談生活之歌
不談苦難的形態
自始至終自得安然

我也以沉默回應
境界中的無聲

絕望不能發揮作用
不如由淡泊做主

牆壁敞開著
貓兒從團扇中走來
如我散佚的兄弟
盯著我打字鍵盤

去年的夏風固執
樂於尾隨而至
提起未盡的漫談
可我哪來這般清閒

若說困頓的午後
有什麼新聞號外

應該是樂觀的春天
立刻喚醒頹靡如我

周末

靜謐的周末
吸引我走出去
不理睬臺北盆地
嚴寒遍布成河
冷雨快要變成失語
若干生靈已凍僵

我猶豫這邀請
惟恐支氣管沮喪
一面倒向哮喘
卻從不嚴謹解釋
人類痛苦如何形成

我承認那種誘惑
並非這麼簡單
抑或三言兩語
就可把命運澄明

我終於付諸行動
一手撐開記憶之傘
一手擦拭老舊天空
回到源初敘事以前

春雪

直到那一刻
骨頭枯枝烏鴉們
與冰柱一同顫抖

你終於說話了
說我過慣舒適生活
已忘記季節流轉
聞不到時間的氣味

這並非哲人齊克果
特有「致死的疾病」
卻因失憶放棄治療

我開始琢磨這番話
你教誨站得住腳
這點冷意不值一提
暴風雪刮完就走

我認同你的觀點
林中小徑有其希望
盼望所有的足跡
都能走到盡頭
不是因於寂寞
不以孤獨的眼神

古木

我和旅人不約而同
來到你的跟前
成熟銀杏掉落地上

比時間靜默自在
比我淺薄的呼吸
還要細慢深長

我堅信你深知所有
這山巒間的起源
你從來不輕易吐露
像咒語那樣祕傳

這讓我更想徘徊
你和雲掠過樹梢遠方
不驚動半點寒枝
不抹去殘夢的碎片

我聽見廣闊杉樹林
木訥卻輕聲讚嘆
清流日夜穿越谿谷
溫泉為何自埋於地底

我想這並非因為
你八百年樹齡的傳奇
歷經多次電閃雷擊
更多風雨轉折
而成就古木自身

這番情景令我難忘
如有情者惦記我
晦冥的視界敬慕澄明
直到現在我心依然

附註：今天下午，我觀看NHK「こころの風景（心靈中的風景）」節目，突然詩神降臨，賜予抒情的詩興。

夢見弗洛伊德

首先
在黑牆上果敢出現
一個發光的人影
來到戰爭時期
與墓地螢火蟲們
一同逃亡

第二次
從白牆上猛然撲來
一件灰暗大衣
我處於趕稿時刻
它與內斂的鍵盤
一同瘋狂敲打

最後
降落在無牆地面
我變成報廢的蜻蜓
但是已失去翅膀
乍見初春尚未解凍
我求見僅有的夏天

鏡子十行

你好　光明
你心靈堅定如石
就是我的心靈
你變動各種幻象
映現我的幻想

我們凝視相對
有太多不可思議
植出森林的斜影
不折彎小徑
向時間河流延伸

寫給班雅明

當世界快要崩塌
沉重的面具
紛紛倒下
你放棄躲藏
不再施展魔法
自身就是門

因為門外有藍天
慷慨支撐
惡意不再揭發
深不見底的恐懼
再也無法逮捕
自我解放的靈魂

為何寫作

起初我並不相信
寫作的神奇
這並非謠言之風
發揮禁閉作用
負傷的神話
微微吐納氣息

我決定一試
試看威猛的領域
我遺失風箏的童年
據說墜落
在異國的山丘
多年來找尋未果

直到那天
地獄和我終於發現
以稚拙為線
以虔敬為索
同樣可以拉引它
重返童年的天空

時間

不要責怪我
對於時間河流
有著奇怪迷戀
你看寒流如期而至
二月殘雪即將
壓垮記憶的屋宇
斜影模糊我的眼鏡
我豈能毫不反抗

若時態允許改變
世界破碎難以相認
就由水晶來終止
即使死亡依序赴會

即使徒手挖掘
沉默不能描繪更多
我仍要逆轉時輪
用他界的語言接連

蘋果

在我少年辭彙裡
僅止林檎一詞
就能結出許多想像
我踩著破自行車
跋涉了數公里
趕來蘋果樹面前

那時寒風凜冽
足以把枯枝殘夢
連同過往撕成碎片
冬陽沒什麼作為
但我那樣的年紀
根本不以為意

我相信彼此凝視
必有什麼奇蹟
跨越地理的豪情
如北方大地的果樹
捎給南方島嶼書簡
我突然讀懂這詩文

櫻花通訊

前些時候
我描繪佇立高樓頂處
那棵沉默的寒櫻
捎給我一則訊息

原本等待春神呼名
初春很可能半途遇劫
或因地震阻撓耽擱
但它要先行顯示花影

這無關不合時宜
是否違逆季節安排

向時間借來手杖
過度傾斜難以支撐

我於是又重新想像
想像著認識自己
墓誌銘已經出發
我的歲月走了多遠

感謝

當我的肉身尚在
沒有毀壞之前
收納最後的呼吸
我要特別感謝
語言和思想安頓

我若丟失這個基礎
詮釋就無法起步
所有活著的愉悅
和死去的憂傷
將忘卻我的面容

到前方去

——致詩人何郡

你說在後方
愛的火焰和愧疚
無法徹底修復
那裡不適合栽種
懺悔的樹苗

所以春風在前方
並沒有棄械投降
以前進的正直
與槍砲的彎曲
你認為截然有別

風中的廣場

初春雨後
我帶領著鴿子家族
經過戰後的廣場
平常而脈搏顫抖

我對推理信以為真
若非寒流刮得太緊
我會以為時間錯置
槍砲不反對安詳

我發現風的軌跡
正在悄悄滑移

滑過樹梢上的觀點
屋瓦窗戶關閉眼睛

莫非是否過於濕冷
情感火苗凍僵
來不及敞開思想
自留諸多碎片聲音

都怪哈啾聲太尖銳了
猝然地壓倒吶喊
我身後那片枯枝斜影
就不必與我共同回魂

還魂石

歷經各種荒誕
我比以前更清醒
分辨出異想天開

語言愉悅地活著
正滋補虛弱的靈魂
死別因此放慢悲影

我開始學習法術
為喪失記憶的石頭
助返到本體肉身

我知道這並不容易
命運一旦馴服
情感茁壯便成空談

我有文筆和還魂石
來到新境界地平線上
抄寫著世紀的交往

詩神

我不是修昔底德
但我虔敬讚嘆
你神奇又多才
用僅僅幾行淡筆
就囊括了我的從前

我如風反覆朗誦
無需標題引路
無需韻腳回旋
承蒙銘寫把我留住
就不怕佚失的刺網

新年

從今而後
世界不會變新
不會變得更舊
命運的神祇
正瞪大眼睛
看著我是否偷懶

未來不會變大
不會變得渺茫
如浪濤回歸海洋
聲音找到原點
但願起伏的生活
與我環扣相聯

風雨辯證

我喜歡風的複眼
正好用來解放呆板
我形影顫慄扭曲
因它的剪裁活下來
你看我的步伐加快
它依然緊隨其後
當絕望不再轉向
我擅自和蝴蝶遠行

我喜歡雨的魔力
可拯救乾涸的舌頭
我晦澀不安的語言
因它的滋潤復活

你看我的渴望多深
它依然把愛注滿
當詩歌的肉身破碎
我領受著落地生根

輯五

落葉記

我收集落葉的意象
不是為了給嚴冬
翻譯與初春之間
還有多少距離
向喑啞的土地打聽
它們隱藏什麼祕密

這次我不再依從
對話隨著記憶而來
相似與分歧之間
存在多少意義
我應該祝福飄移嗎
得以保衛思想延伸

同時代

你和春雨如期而至
已潤遍所有乾涸

深埋在我詩句之中
彷彿還有著什麼

度過嚴冬的童話
確實已經走得很遠

看著萌芽召喚嫩青
頹廢終於站成隊列

卻不當士兵幻影
一步一步前進

我們同時代的坐標
即將歡快地經過窗前

舟楫

無需召喚想像
它原本詩性島嶼
海濤知道
時間之風知道
旅程知道
神聖從這裡開始

那舟楫枯瘦依舊
因為廣闊駛向遠方
不靠岸停泊
不為輝煌之最
不為甘美訣別
思索從這裡啟程

哲學家

——寫於顯邦兄辭世一周年

我不予苟同
為何我植下的詞語
比你的樹林荒疏

這絕非冬風凜冽
因於寒流的席捲
莫非命運不可預期

我埋怨時間已垂老
消逝如此決然
只餘下記憶的淡痕

這天終於如蝶訪視
哲學與神話到來
我猶疑著怎麼言明

二月末

春潮高漲起來
問我有什麼理想
立在海邊的黑松樹
依然在抵抗翻騰

春雨迎面灑來
問我有什麼願望
枯枝們變得稀疏
沙沙聲響猶在回旋

春風連夜奔至
問我有什麼感想
其實故友早已出發

我在等候來訊
以及其旅途見聞

春景一往如常
問我在寫些什麼
我想不出任何回答
只見滋長的藤蔓
希望占領我的心靈

風化

乍然而起的風
向我透露著祕密
它忽略了塵埃
有諸多的隱諱
滲入石頭的願望

歷史有其肉身
看似弱化與遺忘
在反覆的記憶裡
吸吐詰問而來
莊嚴的氣息

寫給春風

從情感上而言
春風連夜趕路
與政治融冰無關
與腐敗冬眠無緣

這使我不禁疑惑
春風為何日夜兼程
難道沉淪的身影
不需被拯救升起

莫非事實已經改變
我尚未從面具中

完全甦醒過來
以為正直的應然

當春風向我吹拂
我才微弱地感受到
季節之輪轉呀轉呀
把我帶向新的起點

時間小徑

無論我緩步而行
內心有多麼激盪
沒有觸動塵土
你通曉我的起始

我從這裡經過
樹影越來越充盈
你高雅的詩意
深諳時間的呼息

這時若有鳥鳴飛起
想必是溫差驟變

或因於夢境太沉
良善地將牠們喚醒

我這旅程沒有符號
如同我人生的小徑
承載著各種面影
歷經活著的美好

孤獨的野獸

我看見孤獨的變形
變成了一頭野獸
安靜清冽的目光
彷彿吸走聲音的雪

我因錯愕忘記問候
那片灰色的樹林
用存在通往相續
以便影子都能追隨

時間揮動至善之手
如此不辭繁複
為我和孤獨摹寫畫像

我欣喜這樣的風格
枯黃得有些分裂
還有日漸增長的墓草

我的荒原

如果奇蹟發生
冬日裡植栽的童話
就能相偕來到春天
抵達詩歌的荒原

若是如此
蜂蜜封存的寓言
就會告訴我
跟在花粉後面傳揚

正如很早以前
我險些喪失記憶

有破碎的和損傷
只有我的顫慄被保留

朋友呀　請莫見怪
我反覆講述著什麼
因為往事與隨想
從不輕易向我鬆綁

彷彿在等什麼人

你很安靜
安靜得如一場冬雪
隱沒在嚴寒盡頭
彷彿在等什麼人
我自告奮勇
為你翻譯
那些來自漂浮的詞語
但願思想都能通達

你很安靜
安靜得像枯木倒下
不急於春訊解凍
彷彿在等什麼人

我不顧反對
為你挖掘
那些來自歷史的凝重
但願死灰猶能自燃

再過幾天

再過幾天
你和時間到遠方
一起漫遊

那是從前的約定
勝過銘記和敲打
步伐既已踏出
就拒絕回音找尋

再過幾天
你和各種劫難
搭伴起程

那是未來通向結論
越過歲月的穹頂
足跡消失得快
往昔有時化為鴻影

我的世界很小

我的世界很小
卻自得其樂
我在身體的田園裡
栽植無花果樹
從綠葉到隱形花序
找得到我的符碼

我的世界很小
卻自成格局
我在漂浮的光芒中
懸掛著往世書
從發音到歧義轉折
看得見我的面影

暮色手記

樹林佇立在山邊
每日這一刻
等待作為重生開始
始於風向改變
始於時間轉涼
黃昏為枝葉們
鋪展金光
最後點綴輝煌

去年這一刻
寂靜圍攏而至
我的詩行剛要出發
始於迸冒的斷句

始於相續河流
石橋為足音延長暮色
破碎投影
歸屬於我的場所

昨日的世界

我絕不相信
它已經在我心中
找不到形體
如空氣般的消亡

這並非臆測的誘惑
不同於夢魘作祟
而是藤蔓終於
成功攀越了鐵牆

這給我盈滿自信
時間和我比肩同寬

我是微弱的海風
以追逐狂浪無盡

據說編年史和賊鷗
即將達成和解
我豈可就此退出
時代賦予我的廣場

斜陽

我不是根植於海濱
那片黑松林
總來不及向旭日
輕聲問候
你用僅存的餘溫
靜悄悄地
讓我展開生活序言

就憑這個理由
我可以斷然認為
你為弱者意志著想
經常在時間之外
重置新的年輪

每到這時刻
是你溫厚將我甦醒

比肩而立

起初我不解其義
以為從那裡
登上拯救的天梯

現在我終於領略
我們比肩而立
所有暗影變得歡愉

你樹梢之手指向
諸神居住的天空
我卻立在語言後面

以致我美好幻覺
湮沒在我的世紀末
浮雲依然相互抱擁

我聽聞到隱藏聲音
比逃走的春風輕盈
有時比失真骨頭硬朗

素描

僅止一瞥
我看見閃電本色
急行墜落
在愛情的墓墳上
從那以後
如紅葉燃燒起來

僅止聲音
我聽見雷鳴遺言
視死接引
在幸福的荒塚下
從那以後
如枯枝彈奏豎琴

若我簡筆素描
如果我尚能揮手
讓我與世紀末辭行
因為微火的記憶
從那以後
灰燼為它正名

漂流木

始於暗夜一場
恐懼謀殺
然後算計暴風雨
繞過幾處轉折
來到現世的河流
辨認和搶奪
變成多餘的仇敵

這是消亡的時刻
偉岸參天倒下
我批判先進電鋸
技術論高高在上
嘲笑我的無能

埋在黑暗的心
豈是我能忖度測量

雲團

我仰視雲團良久
一切如常
日子的數量未曾
離奇短少

僅只這個理由
我不宜再故弄玄虛
我原本一無所有

儘管如此
若果垮塌的幻覺
能換得一抹敬慕

或者很幸運
我佇立成天涯老樹
那些舊年身影
說不定會活轉過來

輯六

海浪

從一開始
我們未曾忘卻
彼此的存有

若有忘在後頭的
是風濤
若有記得前世的
是此岸

有些時候
我們比群星們耳靈
聽得到密語流轉

每次晝與夜淡出
我們視野之外
淹沒聲聞的界限
燈塔有海浪澄明

海色

同樣的海色
小徑為我繞過
沉默山腰
在冷風中
有春天的氣息

我發現所有影子
正在翻轉浮升
時間揚起的塵埃
與我擦身而過

我看見光陰底下
有瘦削往事

有剛冒芽的詩行
它們為明日祈禱
而只有奇幻海色
知道我的履歷
包括崎嶇各種沉淪

改變世界的方法

我多麼勤奮思索
卡爾・馬克思
改變世界的方法
比工蜂還匆忙

我看見蝴蝶翻飛
沒帶任何裝備
為何要攜伴
闖入危險的領域

我迷信文字部隊
足以攔截砲彈
就此顛覆恐怖政權

直到我頭疼猛然
好轉暢快
原是宿疾的幻影

手銬

獨裁借用手銬
鎖住反對和自由
就此堅定雙手
戴上世界的眼鏡

從那以後
近視和老眼昏花
不再區分彼此
關注言論是否收緊

聽說枸杞和菊花
足以養心明目
看清楚各種危險

若果此論屬實
用手銬打造眼鏡
自然反映鐵幕光芒

風痕

我久未出門
幸好風向我報信
我熟悉的世界
正在更替

柚子花開了
暗香移動得更遠
藤蔓終於鬆手
給囚禁枯樹自由

蒼鷹回到天際
安靜如昔時山色
送走飢餓的影子

下次我重返舊地
或許春分已過
我所記憶的台場

地景

盲眼螢火蟲問我
你認識幽靈嗎
非此即彼的響聲

半倒樹林問我
戰爭餘燼已冷卻
何以燒毀從前

灰色日記問我
你是否得罪文妖
否則那叢圍牆
怎麼會高出塔樓

風鳥相依問我
天際線為何遁逃
是誰惡作劇
將這點風景抹消

生花

正午時分
我騎著自行車
融入市街的喧囂
我許久未曾仰望
呼喚為自身倒影

我意外地發現
你安身於此
但我不解其意
你為何在這位置
立葉生花

你說　高遠天神
有浮雲的禮讚
和風扶持直升
而你沒什麼理由
只信仰一抹愛情

孤獨的開始

有許多事情
向我祝賀
雖然我聽得模糊
正如我剛剛穿越
樹林更新身份
我得到彎曲的暗影

回想起來
山風突然吹過
留下海浪的氣味
卻不打擾我即將漫遊
也許我認識的孤獨
從來不輕易現身

清明節

一種微熱氣息
悄聲告訴我
清明掃墓時節
很適合悅然地追憶
亡者匆促的辭別

有時候春雨
未必及時捎來通知
雲雀於半空中
又忘記感性致詞
我猶然知道因由

每年這季節
我心靈中的故鄉
不由得地忙碌起來
幸好並非只有我
找不到言語表達

枯槁溪床依舊
甘蔗叢繼續生成
芒果樹開始序說
唯獨我的黃蝶翻飛
這次不向烈焰投奔

愚人節

我一覺醒來
穿西裝的獨裁者
開始吃齋誦經
放生大群的自由

壓成肉泥的土地
長出美麗的罌粟花
春風化雨過後
廣場恢復寬容

我眼睛不再乾澀
空氣不侵犯喉嚨

屠刀回到正路
文字們挺直腰桿

我享受著美好時刻
祝靈魂扶搖直上
臭皮囊留給夏天
我由衷感謝這愚人

輯七

光明石

世界真奇妙
我的石頭
突然學會說話
用窮乏的聲音
讚美有情

我感謝它的鼓勵
讓我走進夢土
露水祝福我
我在月色的幕間
彎腰收割

我再次看見
拾穗的少年們
終於還鄉了
回到光明的田野

政治詩學

你每日試著
往聲名的舞台
鍍上金榜
果真如一顆太陽
偽造的思想

烏鳴一齊靠攏
擠在枝條上
口語用來歡呼
傳遞作為膜拜
顫慄的風向
不敢擅自離開

直到水蛇學會
飛行那天
越過晚春的邊陲
你接引著暗雷
置換身份

槍砲變裝成橫笛
斷痕滲出蜜汁
晦澀和超現實
得以隱藏和彰顯

灰燼告訴我
烈焰很有成就
從不計較
撫慰浮游的亡靈

無色無味無名
沒有背景

地圖

春風經過河床
告訴我
石頭與花的關聯

倘若在那裡
發現死亡
不必過於恐慌

花會撐起陽傘
伸出的涼影
和地下水一起
慢慢滲開

不需煩惱石頭
沉默半語
祈福的聲門
不宜拔得太高

從此刻開始
我受持的荒野
告訴我
地圖變得簡單

天神都知道

天神的說法
很有意思
每個人必然
把祕密帶進墳墓
有的多一些
有的少一點
而我卻忘記藏所

雨水很有可能
模糊文字的身份
將口音變得嘶啞
戛然的回憶
終止承認自身

倘若我恢復清醒
我首先表明
河流中的倒敘
時間走過的路徑
或許空蕩蕩
但我仍然覺得
那裡有我的面影

預言

按理說來
雲使在上空徘徊
會留下影子
遮蔽我的眼線

我確實知道
那時候隱雷離開
到更遠的廢墟

如植栽希望
如重置命運
然後鬆綁驅逐
然後取消禁言

冷春來臨之際
那些形銷骨立的
都會重新復燃

請求

我由衷地感謝
你將我喚住
使影子跟上行人

你向我坦言
無論時間推移
我身體偏枯
思想日夜起伏

春夢最易折損了
夏夜特別短促
秋雨又因襲顫抖

讓我無法面對
封閉的冬天

若果如此
請你與我同在
在唯識的世界裡
拯救我的荒蕪

華麗島志奇

這樣的詞語
曾是詩歌先輩們
歸宿的園地

現在我重新出發
與舢舨一起
鴻運向我開通

讓我荷載思想
歷劫得更多
風雨可以刷洗
色彩用來遮陽

深眠時間

——祝福我受難的朋友

我詰問過時間
為何我深眠
竟然短得可憐

難道這構造
一開始就已注定
以逼仄為結局
用翻身揭開序幕

後來時間終於
吐露宗教的真言
原因如此簡單

在我夢土周遭
遍植著面具叢林
多年以來
我良善被踩成污泥
偏又遇雨成災

我僅剩下覺醒了
再不敲出聲音
好眠不可能常存

在岸邊

並非蒙太奇效果
有很多理據
而是它們的側面
如火苗初燃之時
快要熄滅之際

這樣一來
我就無需懷疑
所看到的世界
它們綻放著明暗
我在經歷自己

落在樹林後方
海風未必會登陸
波濤卻願意
坐在我的岸邊
夢魔在向我揮手

海的擁抱

星星月亮太陽
它們都走了
波濤還未停止
繼續敘述

坐下來吧
中世紀的靈魂們
在空中放棄飄盪
化成一抹火焰
要立在你肩膀上

那裡的天地
很適合風乾絕望

問候各種徒然
在這一點上
不需要任何證明

輯八

古化石

你是不計較的
地殼變動的風格
將你變成石頭
時間的骨骸

你比塵囂清楚
這並非最佳時機
考古學家無法
說服沉默

你如此固執
應該沒有祕辛

滲透進來的
不止日夜星辰

我暗自思量
你若願意敞開
意識的閘門
對我是至上光榮

廢墟之歌

凡是不能移除的
都應該承認
凡是無法壓平的
都要容許突顯
樹木不可抹消
就祝福長出綠芽

在這個季節
最後離開的風
不從廢墟那裡
偷竊碎光
認為一片落葉
抵上一首詩歌

田野靜悄悄

若非天神們交談
不小心洩露
幾則寓言
在寬大的夜幕下
直到現在
田野靜悄悄

我少年許多星火
習慣點著微光
在故鄉的平原
照向我中年的黑暗
直到現在
田野靜悄悄

關於自焚

關於牢房
我們向來偷偷地
相互傳閱
風很少盯梢
雨不喬裝眼淚

關於自焚
我們只敢立在
遠處取暖
火逆轉烈焰千手
雷目送自由的人

山嶺

我的境界不高
看山是山
看茶是茶
追尋山人寧靜
浸潤茶農生活

我的程度不高
拿起手機拍照
置身在安謐田園
平凡的雞鳴狗吠
都能治我療傷

我遇見虛構的人

說的沒錯
我目睹過虛構的人
他惜墨如金
不說流行八卦
一向受人懼憚
從不肯為我驅邪
同情過時惡靈

我等了多年
情況依然如舊
虛構愈來愈長命
有翅膀支撐
有理由拒絕飛翔

與昨日比鄰而居
卻不圖銷幻影

我的健忘症

聽說所有羊腸小徑
都回到深山了
苔蘚石上打坐
用瀑布沖洗浮光

還說任何時刻
歡迎迷途的靈魂
結痂的雲煙
儘快返回

我實在掩不住
內心的激揚

也想看個究竟
卻忘記時間地圖

古舊書稿

經過幾天觀察
我發現古舊書稿
虔敬的過頭
似乎還不能理解
最終死亡

它半夜在房間
踱步嘀咕著
編年史嚴重缺損
要儘快補上
鑑別即將開始

誰的彩蝶

懷疑論者說
我虛構了浪漫主義
待過昨日的祭台
已經轉向了
在變現過程中
喬裝成一隻彩蝶

這很沒有道理
我崇尚現實風格
如火山噴發
我承認日夜有時顛倒
但風雨都認得故人了
隱藏我有何意詮

雷鳴之翼

我不認為
暗夜裡的長空
對此毫無所悉
沒看過紅色閃電
沒聽見白色雷鳴

我和草間水蛇
嗅到陣陣敗德惡臭
原來是偽裝的星群
從高樹上跌下
垂老地躺在田埂
等候死亡收埋

我不覺得
在天空的黑幕裡
對此視之度外
它說簡單道理
沒什麼可割捨的人
他們要走
都沒有多大困難

地獄十行

詩歌有時告訴我
我也許已經有點老
不宜和頹廢派
一起在地獄邊上
遊蕩及其跳舞

時間變現很快
魚影消失難以計數
樹蔭已經離開了
不再為我遮蔽
也不許我在此迴轉

九官鳥

陰涼的雨天
我放走了籠中鳥
牠是學舌模仿高手
卻把自由的局限
視為美好記事
很快又重返老巢

那次牠帶回朋友
說要與牠替換身份
外部世界太恐怖
撒謊表演未必安全
為何不保存自身
牠說得我啞口無言

放下

你好意告知
要我把世界放下
像丟掉一只贗品
然後離開

我發現這麼做
並不容易
世界的外衣太沉
沒地方掩藏

如變調的鳥音
仍要發聲
不在乎黑夜失眠

如浮動的碼頭
原本即知道
海潮有時忘記翻騰

月亮

若不是陣風乍起
拂動你的臉頰
我以為淡淡雲層
就是你的眼翳

理所當然
當微暗突然轉身
我只好把它視為
你久違的修辭

但物換星移
每次未必巧遇
我總來不及命名

暴風雨過後
世界還繼續整合
不知你有何想法

天空的森林

我知道你很神祕
在你眼睛的森林裡
雷鳴紛紛落下
還有受傷野獸
被雨洗過的圖騰

我模仿迷蹤的鳥
不擅自喧囂
不製造聲浪
和迸裂果實一樣
等候這場奇遇

與風一同升起

旅行這世界
有諸多的方法
仰望及其俯瞰

這角度還不夠
就任意改變
沿用唯識的觀點

相信懺悔之舟
適合於白晝航行
黑暗就得以歇息

若隱喻太沉重
就與風一同升起
不需拍動翅膀

時間的另一面

我以詩歌描繪的
多麼需要
海邊的松樹林
因為我害怕荒涼

我以風潮銘記的
多麼希望
時間的另一面
因為我是善忘的人

從消逝的林梢上
偶爾遇見我的反光

像是白色霧氣
又似砂丘象徵

呼吸

從樹葉間隙
灑落下來的陽光
這次作為主詞
引領我所有情感

而且風和鳥
讓我知道此行
前途不會太艱難

放慢呼吸
打開眼界
鬆綁自囚的靈魂

問句

毫不例外
我有精神危機
失去柔軟的呼語
少了真情的問句

我詩歌所經歷的
迸現石頭碎片
裂紋是複數蛇蠍
始終無法復原

我看見遼闊天空
開始傾斜
變形我的視線

我最常沉默以對
一直等候懺悔
騰出為我收留

流言

一抹聲音說
我耳內的夏天
極度乾燥
尤其悶雷剛掠過

大片記憶之林
已擅自燃燒起來
吞噬和湮滅
交換詭譎的盡頭

我無法顧及太多
不能證明什麼
不能插翅飛翔

幻象愈是逼近
似乎不想就此罷手
喧囂到底為誰流言

改變世界的方法

我多麼勤奮思考
卡爾・馬克思
改變世界的方法
比工蜂匆忙

我看見蝴蝶翻飛
沒有任何裝備
為何要攜伴
闖入危險的領域

我迷信文字部隊
足以攔截飛彈
就此顛覆恐怖政權

直到我頭疼猛然
好轉攀升
原來是宿疾的幻影

詩人如是說

詩人如是說
別在乎冷熱無常
那是季節的語言

紅花用自己的想法
爬上枝頭
眺望與凝視會合

春潮於遠方奔盪
仔細聽聞
那是三月的回答

詩人如是說
當命運感到疲倦
靈魂也需迎曬太陽

花束

當我從你面前經過
我感謝奇妙偶然
在這個時刻
乍見黑貓在自家面前
享用簡單便當
烏鴉們已經飛走
回歸無悔的功德林

我這旅人的步伐
畢竟有些倉促
無法與時間駐留下來
迎向生活中的平凡
下次未必得以邂逅

也許你已不記得
我匆然消失的姓名

樹梢上

直到凌晨三時半
這景象仍在湧動
樹梢間的對話

我很想得出結論
卻像河流忘記晨昏
不能稱之為失眠

我羨慕他們的所在
如此接近穹蒼
最先領悟神的語言

不因冷風忽然轉向
不因夾雜雨雪
應許彷彿向我回答

你的名字

到了這個季節
你依然伸出枝椏
以光禿的手指
伸向天空

如果我沒忘記
你有幾個名字
百日紅　紫薇　九芎
雖然這無關宏旨

近處有棵老紫藤
枯寂在它身上纏繞

明日到訪之前
寧靜要與你共享

從白晝到日落
錯身而過的喧囂
飛鳥擅自穿越小徑
銘記安於時間所有

母親節

這天真是神奇
我和母親散佚的
映像記憶
在此刻重新復活

我兒時走過的田埂
仍然通向新世界
青紗帳似的甘蔗林
有我們和土地之聲

我同時知道祕密
時間驟然消失

並非絕情寡義
只是沒來得及回眸

除非風砂將我隱藏
在地獄的季節裡
我會繼續等待
這個相逢的慶典

語言文學類　PG2081　秀詩人38

變奏的開端

作　　者／邱振瑞
責任編輯／鄭伊庭
圖文排版／周好靜
封面設計／蔡瑋筠

發 行 人／宋政坤
法律顧問／毛國樑　律師
出版發行／秀威資訊科技股份有限公司
114台北市內湖區瑞光路76巷65號1樓
電話：+886-2-2796-3638　傳真：+886-2-2796-1377
http://www.showwe.com.tw
劃撥帳號／19563868　戶名：秀威資訊科技股份有限公司
讀者服務信箱：service@showwe.com.tw
展售門市／國家書店（松江門市）
104台北市中山區松江路209號1樓
電話：+886-2-2518-0207　傳真：+886-2-2518-0778
網路訂購／秀威網路書店：https://store.showwe.tw
國家網路書店：https://www.govbooks.com.tw

2018年7月　BOD一版
定價：360元

國家圖書館出版品預行編目

變奏的開端 / 邱振瑞著. -- 一版. -- 臺北市 : 秀威資訊科技, 2018.07
面； 公分. -- (語言文學類 ; PG2081) (秀詩人 ; 38)
BOD版
ISBN 978-986-326-576-4(平裝)

851.486 107010179

讀者回函卡

感謝您購買本書，為提升服務品質，請填妥以下資料，將讀者回函卡直接寄回或傳真本公司，收到您的寶貴意見後，我們會收藏記錄及檢討，謝謝！

如您需要了解本公司最新出版書目、購書優惠或企劃活動，歡迎您上網查詢或下載相關資料：http:// www.showwe.com.tw

您購買的書名：________________________________

出生日期：________年________月________日

學歷：□高中（含）以下　□大專　□研究所（含）以上

職業：□製造業　□金融業　□資訊業　□軍警　□傳播業　□自由業

□服務業　□公務員　□教職　□學生　□家管　□其它______

購書地點：□網路書店　□實體書店　□書展　□郵購　□贈閱　□其他

您從何得知本書的消息？

□網路書店　□實體書店　□網路搜尋　□電子報　□書訊　□雜誌

□傳播媒體　□親友推薦　□網站推薦　□部落格　□其他__________

您對本書的評價：（請填代號　1.非常滿意　2.滿意　3.尚可　4.再改進）

封面設計____　版面編排____　內容____　文／譯筆____　價格____

讀完書後您覺得：

□很有收穫　□有收穫　□收穫不多　□沒收穫

對我們的建議：________________________________

____

____

____

請貼
郵票

11466
台北市內湖區瑞光路 76 巷 65 號 1 樓

秀威資訊科技股份有限公司 收

BOD 數位出版事業部

....

（請沿線對折寄回，謝謝！）

姓　　名：____________________　年齡：________　性別：□女　□男

郵遞區號：□□□□□

地　　址：____

聯絡電話：(日) ________________________ (夜) ________________________

E-mail：____